Sophie Carquain

# SOUTIF MON AMOUR

## POÈMES ENGAGÉS

Illustrations de Kim Consigny

LA JOIE DE LIRE

*« Nous nous appliquons à dessiner des portes de sortie »*

Emmelie Prophète

À nos grands-mères
À nos mères
À nos sœurs
À nos amies

# SOMMAIRE

**TU** RIS AUX LARMES
TU T'ENCOLÈRES, BRANDIS LE POING
QUELQUE CHOSE EN TOI S'ÉVEILLE
FRÉMIT, S'INDIGNE
LES MOTS FRÉTILLENT, SURGISSENT
BONDISSENT ET T'ENVAHISSENT

LA POÉSIE EST PARTOUT
EVERYWHERE PŒTRY...

IL N'Y A QU'ELLE POUR SAISIR
L'ÉMOTION QUI NAÎT EN TOI
LE CHAGRIN QUI SE FAUFILE
ENTRE DEUX ÉCLATS DE RIRE
LE DÉSESPOIR QUI SERRE TON CŒUR
CE NUAGE-MENACE
OU CETTE JOIE COLOSSALE
ELLE T'ACCOMPAGNE DEPUIS CE MATIN
IL N'Y A QU'ELLE POUR EXPRIMER
TA RAGE, TON AGACEMENT
TA JOIE, TON ENGAGEMENT

LA POÉSIE JOUE, RIT, SOUPIRE
DESSINE ET DÉCHIRE
ELLE TOUCHE AU CŒUR, AU SEXE
AU PLUS INTIME, AU COLLECTIF
VIRULENTE, PUISSANTE, CONTAGIEUSE

POLITIQUE

ALORS LAISSE-MOI TE REMUER
TE SECOUER COMME UN PRUNIER
J'AIMERAIS QU'EN LISANT CES POÈMES
TU AIES ENVIE DE LES DÉCHIRER
DE LES PUNAISER
DE LES RECOPIER
DE T'EN INSPIRER
LAISSE-MOI PARLER À TON CŒUR
À TON CŒUR INTRANQUILLE

LE MIEN N'EST PAS SI LOIN.

UN
CORPS
À
MOI

# SOUTIF

Soutif

Craintif
Défensif
Fautif
Chétif
Esquif
Dépressif

Soutif

Apéritif
Nutritif
Primitif
Gustatif
Affectif
Génitif

Soutif

Abusif
Abrasif
Cumulatif
Démonstratif
Expansif
Infinitif

Soutif

Éruptif
Offensif
Transgressif
Revendicatif
Convulsif
En soins intensifs

Soutif

Bijectif
Imaginatif
Émotif
Créatif
Plumitif
Explosif

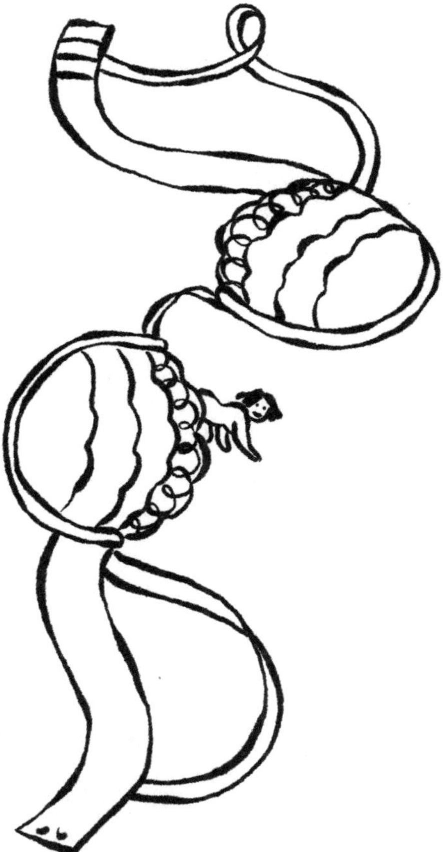

# FACE À FACE

Devant le miroir
Ton corps pèse trois éléphants
Semelles de plomb
Qui t'entraînent bien loin
Au plus profond de toi
Ascenseur : moins 3
Descendez ! Contemplez !
Abysses effondrés
Abscisse désordonnée
Rien ne va
Tout te met en rage
Tu te rêves petit renard
Malin, musclé, discret
Et tu te vois, là
Pachyderme

C'est de sa faute à elle
Tu la reconnais, là
Tout là-bas
Derrière le miroir
Omniprésente, glaçante
Toute puissante
Une plus belle
Une plus mince
Une plus grande
Ta jumelle
Tu la vois, tu l'imagines
Cette sœur maléfique
C'est la reine des contes

Pas celle qui pique et maudit
Pas celle qui grogne et ricane
Juste une plus belle
Qui crache des rubis

Espèce de crapaud
Vipère
Tonneau

Cette haine, là
Cette haine de toi
Devant cette nappe brouillée
Comme un rideau de pluie
Comme un rideau de pleurs
Elle dépasse ton corps
Tu le sens, oui
Pas grand-chose à voir avec toi
Avec ton reflet
Tu le sais
C'est autre chose
L'éléphant est en toi
L'éléphant trompe en l'air
Qui juge et qui barrit
Et barricane et barricancane
Si fort
Que tu ne vois plus rien

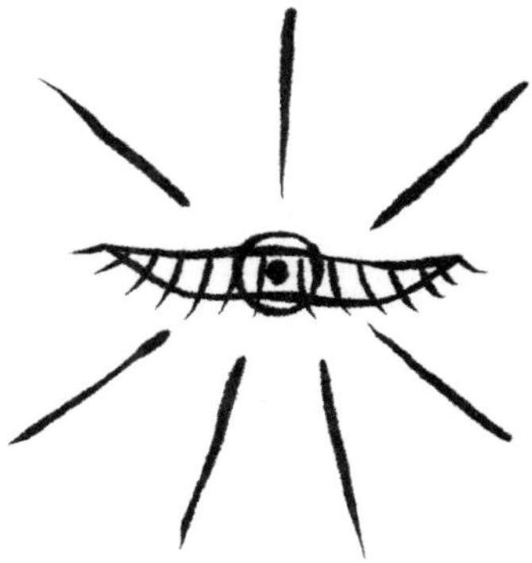

Ce que tu hais en toi
Tout à l'intérieur de toi
Tu le vois devant toi
Tu rêverais d'une gomme
D'yeux comme des gommes
Qui t'effacent
Quand ils te fixent
Des yeux Tipp-Ex
Qui barrent et bariolent
Et raturent et grattouillent
Et peinturlurent

Te faire disparaître
Et te faire t'envoler

Tu prendrais dans ta trousse
Tes ciseaux ton cutter
Tes crayons de couleurs
Pour tout redessiner
Remanier malaxer
Retoucher en 3D

Tu fermes tes yeux
Dans l'espoir que peut-être
La gomme face bleue
Agira dans le noir
ABRACADABRA
Tu prononces à mi-voix

Tu les rouvres, tes yeux
Tu la déplies, ton âme
Mais t'es toujours là
Tes semelles de plomb
Et tes trois éléphants
Dans le cœur

Écoute ce que j'écris
Ton miroir ce faux-ami
Ce hors-sujet
Hors contexte
Zéro pointé
Ton image
N'existe pas
Tout ce qu'on aime en toi
C'est tout ce qui bouge
Tout ce qui danse
C'est un œil qui cligne
De la lumière sous tes paupières
Des rires et des pas de ballerine

« Vivre c'est danser, a dit Joséphine,
J'aimerais mourir à bout de souffle
À la fin d'une danse ou d'un refrain. »

# FRINGUES

Jupe qui tourne, manches qui bouffent
Image qui te bouffe
Barboteuse barrettes et volants
Barbote dans le néant
Pinces, nœuds ou franges
Crop top, top hot, hot pants
Brodé fleuri effiloché
Tricoté crocheté
Cramée

Voilée jusqu'aux pieds
Regard grillagé
Épaules barbelées
Invisibles
Bikini-burkini
Et tutti quanti
Seins à l'air
–Pervers pépère–
Quand va-t-on cesser
De t'exhiber
Ou t'enfermer
Te kidnapper
Te fantômiser

**ET TE JUGER ?**

# FROU-FROU

**F**atigue, devant cette farandole de fripes

**R**aquer, cramer, et en toi ce very bad trip

**O**ui ou non ? Et côté fesses ça va ?

**U**niforme ou minirobe de Cruella ?

**F**ringues ma phobie tout ce temps passé

**R**uiné, à chiner tester pester jeter

**O**u à googler sur mon canapé, je veux le recycler

**U**rgence : recommencer à m'aimer

# DES FOURMIS SUR LES JAMBES

J'ai des fourmis sur les jambes
Elles montent, descendent
Rampent et s'accrochent
Entrelacs de ronces
Barbelés apprivoisés
À arracher, décrocher
Insecticider
J'ai pris rendez-vous
Chez la spécialiste
Du Tout Lisse
Avec ses mains de libellule
Et ses yeux de mouche
Ouf
Doux, tout doux
Mais ça revient
Une galopade, une cavalcade
D'arthropodes en folie
Qui rampent et s'accrochent
À nos jambes
Plus nombreuses, plus fortes
Pattes de mouche
Griffonnées à la hâte
Pour une histoire sans fin
Troupeau miniature
Corrida de l'intime
L'infiniment petit
Qui nous hérisse
Fourmis laborieuses, victorieuses

Sadique Sisyphe
Revenant toujours
Croissant, multipliant et grouillant
Obstinément
Et nous, avec nos yeux à pinces
Notre chiffon rouge
Tracer, traquer
Dompter, arracher
Souffrir, s'obstiner
Décolorer, dépiquer, déboiser
Pesticider, trucider
Fourmicider

# ET TOUT ÇA POUR QUOI ?

Pour une peau de soie

ET SI
J'ACCEPTAIS

ENFIN
D'ÊTRE MOI ?

# MON SANG À MOI

Si j'étais une licorne, il serait arc-en-ciel
Si j'étais une abeille, il serait doré miel
Si j'étais une racine, il serait de résine
Si j'étais une fleur, il serait coquelicot

Si c'était une vague
Grondante mugissante
S'élevant de mon ventre
Comme un typhon
Me pétrissant me malaxant
Sans qu'on n'y puisse rien
Si c'était une vague
Elle serait l'écume du temps

Mais je suis une fille
Libre et vivante
Mon corps danse et vibre
Maugrée et grandit
Oui, je suis une fille
Libre et géante
Ce qui s'écoule de moi
N'est ni bleu ni miel
Ni liquoreux ni totem ni tabou
C'est du sang
D'un beau rouge insolent
Violent rouge indécent
Qui m'éclabousse
Et qui, chaque mois
Me fait grandir, m'élève
Me réinvente, me recompose

MOI LORELEI
CRAWLANT DANS
L'EAU DE MOI
SANS JAMAIS
BOIRE LA TASSE

# TATTOO

Il y a des jours comme ça
Où la légèreté nous pèse
Où l'on craint de s'envoler
De disparaître, corps et bien
De se diluer dans l'infini

Des jours où l'on voudrait s'ancrer
Des jours où l'on aimerait s'encrer...

Une fleur, un poème
Un profil, un je t'aime
Un signe, immortel
Qu'on ne peut effacer
À l'heure où l'univers
Brûle à petit feu

Ça serait un peu toi
Tatoué sur ma peau
Un peu du monde, aussi
De souffrance et de vie
Piquetée au fuseau
Et tout ça serait MOI

On m'a dit
Plus tard pas maintenant
Alors j'attends
J'en rêve, j'en crève
Moi, je le sais
Mon tatouage
Je le chérirais
Le révérerais
Le caresserais
Le tiktokerais
Il m'apprendrait à exister
À m'amadouer
Et peut-être même à m'aimer
Moi, la vraie, la dure
La tatouée

# NAISSANCE*

Ça castagne ça cagnasse
Ça cogne et ça tracte
Ça ravage et ravine
Un cratère
Une tempête
Au centre de toi
Ébahie, tu contemples
La spirale qui t'emporte
Déchaînée déferlante
Une vague

L'heure n'est plus au doute
Mais à l'évidence
Impérieuse, obstinée, monstrueuse
Et comme ça fait du bien
De ne plus pouvoir reculer
Pour une fois
Ça s'impose à toi
Possédée comme jamais
Tu ne l'as été
Comme jamais tu ne le seras
Sauf à l'heure de notre mort (Amen)
Et tu comprends
Ce que signifie : exister vraiment

Le ruisseau glacé
Coule dans la rivière
Qui enfle et gronde
Une montagne
Un cratère bouillonnant
Un typhon
Qui laboure qui castagne
Ravage et puis ravine
Tu secoues tes serpents
Sorcière
Méduse aux dents noires
Troll des forêts
Diane chasseresse
Divinité foldingue
Des bourrasques

De la guerre
Et du grand vent
Déchaînée, ébouriffée, hurlante
Tu te dégondes et te déhanches
Tournoyant sous les sapins
Consumée par l'orage
Sortie de ta cage
Dans le noir des arbres touffus

La terre se soulève un peu plus
Dans cette guerre sans fin
Les hommes bien à l'abri
Dans les tranchées
Et toi, en première ligne
Sur le front
Chair à canon
Sur ton champ de bataille
Dans le sang les viscères
Et les entrailles Sainte Marie
de toutes les mères
Tu pries car en poussant
C'est tout toi qui vas sortir

Tu le sens, tu t'expulses
Toi-même par le bas
Tête la première
Alors tu cries
Écrasée par la pesanteur

Les vagues de cinq mètres
Se fracassent, montent
Et redescendent
Quinze puis trente
Tu crains de partir
Avec le courant
Mais tu t'accroches
Et tu comprends

Oui, tu comprends pourquoi
On y laisse sa peau
Parce que c'est précisément
Ce qui t'arrive
Mourir, muer, muter
Puissante
Hurlante et mutique

Car tu as cessé de crier
Quand lui s'est mis à le faire

* Pour toutes les mères...
Et peut-être moi, plus tard – si je veux.

# PLUS JAMAIS HARCELÉE

# DANS LA RUE

Marcher vite, marcher fort
Le menton levé
Et les yeux fermés
Sourire
Jusqu'au bout des lèvres
Intouchable
Invincible
Écouteurs : check
Shake your body
Ma petite musique
Ma petite maison
Soleil électrique
Summer is coming

I don't want pity
I bang my own drum
I am what I am

Marcher vite, marcher fort
Jambes qui volent comme des notes
Sur la portée
Bottes qui virevoltent
Une noire, une blanche
Deux doubles croches
À très hauts talons
Élégance, insolence
Je danse

Caresse du vent
Dehors-dedans
Une pause, un silence...
Danse, danse
Ma petite musique
Artères électriques
Summer is coming

Marcher vite, marcher fort
Droper, tracer
Enjamber
M'envoler, me projeter
Zéro limite
Ligne mélodique
Intergalactique
Ça vole, s'envole
Ça tourbillonne
Danser, danser

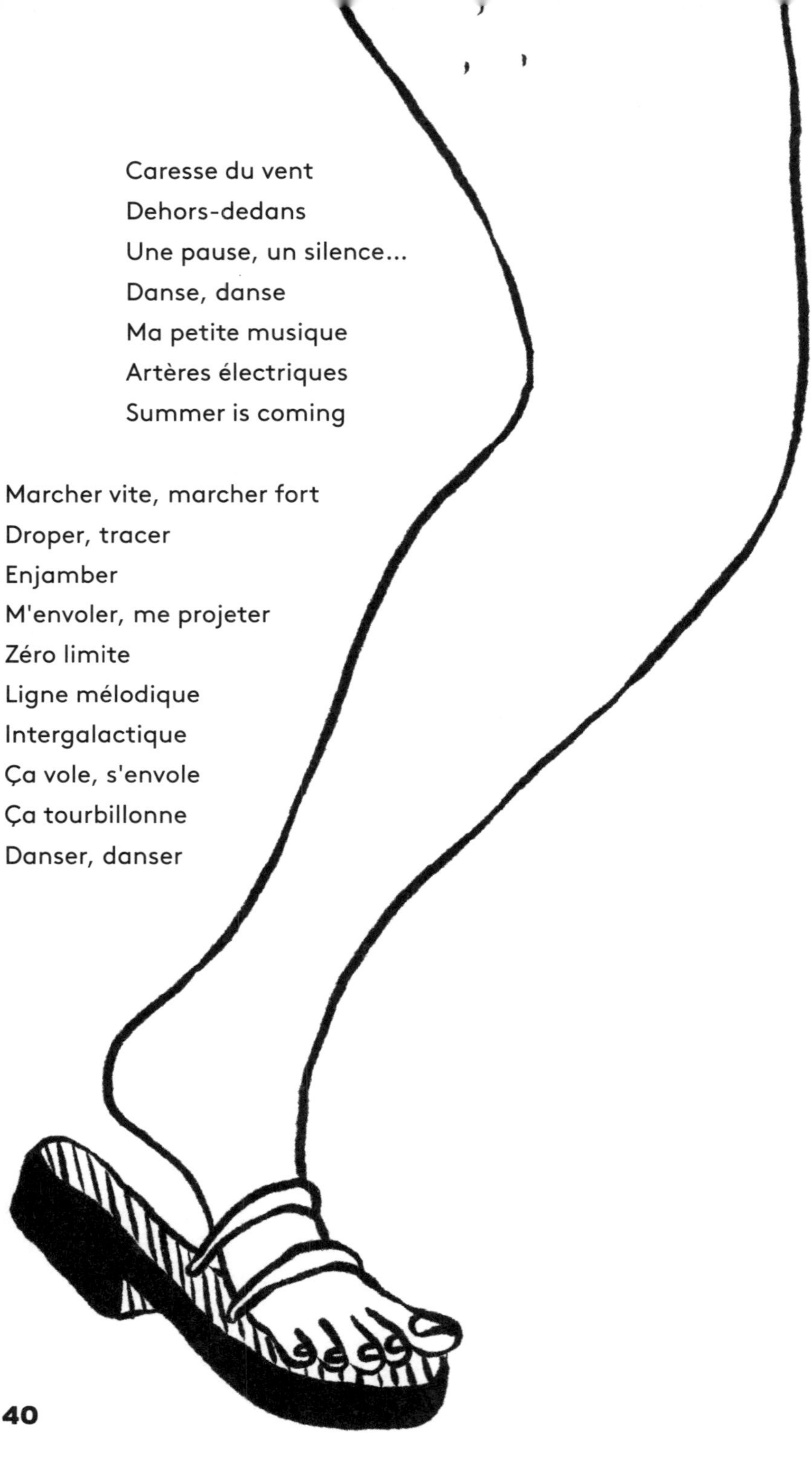

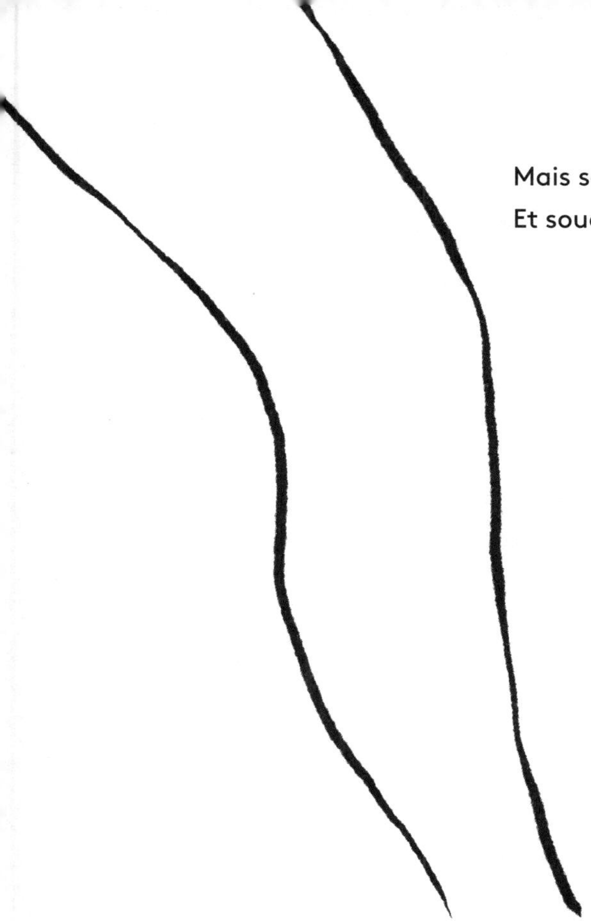

Mais soudain ça siffle
Et soudain leurs voix…

**BELLE**
**LAIDE**
**MOCHE**
**MIGNONNE**
**CANON**
**UNE BOMBE**

# SALUT BOMBASSE ÇA TE DIRAIT UN PETIT CHAT-FESSES?

Dos clé de fa
Cœur clé de sol
Écouteurs expulsés
Tympans explosés
Rabougrie rabêtie
Recroquevillée
Bourrelets-mollets-gros nez-acné
Corps éclaté
Déboutonné
Déculotté

Tu rougis
Cuisssssssssssssss
Écrevisse

On ne voit que toi

Courir
Courir vite
Encore plus vite
Mais freiner, pourtant
FREIIIIIIIIIIINER
Et stoppe la danse
Les noires et les blanches
Croches et croche-pattes
Soudain le frottement
De tes cuisses
Pachydermiques
Ça froisse, ça grince
De la toile émeri

Mollets de coq
Fesses de baleine
Oreilles d'éléphant
Cheveux
Crantés
Frisottés
Crêpés
Lissés
Enchignonnés
Encapuchonnés

**POILS DE YÉTI**
**TU ROUGIS**
**ALLEZ SOURIS !**

TU TE PRENDS
POUR QUI
T'ES PAS SI CANON
T'AS PRIS LE MELON
ALLEZ CHÉRIE

HEY OH
TU RÉPONDS ?

Vos regards me touchent
De leurs longs doigts sales
Lances, poinçons, stylets
Pic, pic, pic, picote
Et colle et gramme
Le long de la colonne
Silhouette noircie au trait
Découpée au cutter
Tatouée au cœur
Peur
Aucune raison d'avoir peur
Mais peur quand même

Pour conserver vos papillons
Piquer au cœur
Étaler les ailes
Broyer le thorax
Glisser dans la boîte

Vos regards me crament
Me carbonisent
M'ébouillantent
M'épouvantent
Jusqu'au tout petit tas de cendre
Devant le miroir

Pluie acide
Toxique
Ça ravage en silence
Dans le fond des entrailles

# STOP

Papiers
Ne pas passer
Ni dépasser
Ni outrepasser

Notée, menottée
Contrôlée, scannée
Dans la rue, au lycée
En réu, polissée
IMC-QI-QI-IMC
12 en physique, et 8 en cuisses
5 en anglais, 6 en mollets
13 en géo, et 10 en maths

## TU CROIS QUE ÇA PASSE ?

95 D, C, B, A, E
Multiplié par 0,75
De tour de genoux
Ça fait combien en seins
Les relous ?
Trop petit, trop gros
Des notes qui pleuvent
Comme des gouttes d'huile
Brûlante
Noires pointées
Doubles croches
Qui nous accrochent
Et nous arrachent

Rentrer dans une cage-à-penser
Sans faire de l'ombre
Une volière-sans-voiles
Sans portée
Sans musique
Pas marcher
Juste tourner
Sur soi-même

Je veux seulement passer
Comme un murmure
Sans raser les murs
Jusqu'à l'écorchure
Sans que soudain, on hurle
Avec grosse caisse
Flonflons
Et rouflaquettes

Danser
Je veux danser
Sans personne pour
Me déboutonner
M'éplucher
Me fricoter-fricasser
Me découper
Selon les pointillés

STOP

Peur, peur, vous me faites peur
N'écoute pas ta peur
Oui, mais elle est là, en laisse
Et j'ai beau tenir le collier
À m'en briser le poignet
Elle trépigne
Et me mine

TOI, oui, toi
J'aimerais que tu le saches

Plus t'en fais un score
Moins je l'aime, mon corps
Plus je le décore
Et plus je le maquille
Et le couvre d'or
Et puis je l'habille
Et puis je le montre
Et puis je l'exhibe
Pour mieux le cacher
Être comme tout le monde
Ne pas dépasser

Reste dans la ligne
Ma fille
Derrière, tout derrière
Yeux baissés
Menton rentré

Disparais

Automn is coming
J'contourne les vitrines
Et je sprinte
Pour mieux m'oublier
Mais soudain ça siffle

Et soudain leurs voix
grasseyantes
insultantes

On ne voit que toi

**PSSSSST**
**KSSSS KSSSS KSSSS**
**OHÉÉÉÉÉÉÉ**
**WAWAWAAAAAA**
**HOULALAAAAAAAA**
**BOUBOUBOU**
**WOUAF WOUAF**
**MIAM-MIAM**
**KEBAB OU MAC DO**
**CRÈME AU BEURRE**
**PETITE SŒUR**
**ON AURA TA PEAU**

Mon cœur bat plus fort
Mon pas va plus vite

Fuir, là-bas, fuir
Devenir antimatière
Obscurité roulée en boule
Big Bang inversé
Comme un poing serré
Disparaître
Pour n'être
Pas dévorée

Fuir, là-bas, fuir
Et le cœur qui tape
Les jambes qui dérapent
Notes tremblées sur la portée
Courir, trébucher
Courir, ouvrir, entrer, claquer
OUF
Double tour
Sauvée
Maison
Cocon

Dix mille regards
Infiltrés chez moi
Dans ma maison
Glissés sous la plinthe
Le long de mes pieds

Dix mille araignées
Accrochées à moi
Le long de mon corps
Ne me lâchent pas
Jusque dans mon lit

Yeux télescopiques
Astronomiques
Intergalactiques

Miroir, mon moche miroir
Qui calibre
Qui compare
Qui ricane

**MARBRURE**
**VERGETURE**
**CELLULITE**
**POILS MAL PLACÉS**

## VITE ÉPILER
## PAS ASSEZ LISSE
## PAS ASSEZ DOUCE
## OU TROP TATOUÉE

Miroir, mon moche miroir
Tes mots me griffent
M'éraflent
Miroir, mon psychopathe
Clown blanc
Rire fou
Sourire inversé
Rouge sang
Miroir dégoulinant
Eau glacée
Noyade organisée
Dans laquelle je barbote
Dans laquelle je suffoque

Ouvrir grand son placard
Jeter sur le lit en vrac
Ceintres, robes, ceintures
Hésiter, enfiler, zipper
Lacer, corseter, resserrer
Comprimer, contracter
Mouler, sculpter
Suffoquer, s'étrangler
Et puis scanner
Ventre plat, fesses hautes
Short, pas trop short

Jupe mais pas trop
Cache-fesses, push-up, pull-on
Paddle or not paddle
That is the question
80A, supra plate
No thigh gap

Calculer l'espace...
Calculer l'espace entre les deux cuisses
Entre les deux bras
Entre les deux dents
Les deux yeux
Entre l'ongle et le cuticule
Calculer
Le diamètre entre l'iris et la pupille
La longueur poilue du sourcil
L'épaisseur des cils
Calculer, brosser, épiler
Retourner
Équarrir, lisser, gommer

Miroir, miroir
Mon moche miroir
Tais-toi, ou tu finis en éclats
Canon, pas canon
Bombe ou bien bombasse
Je vais t'exploser
Toi et tes canons de beauté
Pour enfin crever l'écran

Seule, toute seule
Et pourtant jamais seule
Ils sont là
Juste à côté
Tourner, retourner, guetter
Bras, seins, fesses, mollets
Maudire
Trépigner
Se détester

...

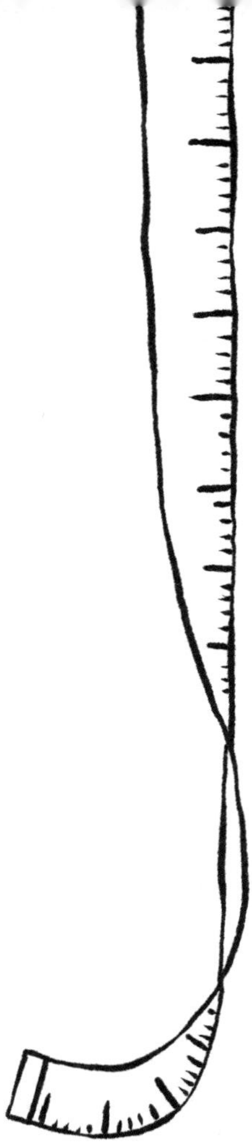

Ou bien s'aimer

Voilà. S'aimer. S'aimer. S'aimer
Aimer ses fesses, ses hanches, ses bras
Petite, maigre ou ronde
S'aimer
Têtue, obstinée, pugnace
Hilarante ou déprimée
Chanteuse ou bien matheuse
S'aimer
Jusqu'au bout du bout du doigt de pied
Toucher son corps, sa peau de soi
Toucher ses muscles si pleins de vie
Toucher ses orteils, les masser
Un à un
Écrire dessiner, chanter
Inventer des chorés
Se faire confiance
Se liker, re-liker
Se lover
Se lover dans cet amour de soi
Décider, de ne plus les écouter
Plus jamais
Les ignorer
Les baîllonner

# NOUS NE VOULONS PLUS PLUS JAMAIS VOUS ENTENDEZ ?

Être jugées
Décortiquées
Fricassées
Ou bien trollées

# NOUS NE VOULONS PLUS PLUS JAMAIS VOUS ENTENDEZ ?

Être
Photoshopées
Photofoxées
Phototrophées

Juste… Exister

Je veux...
Casser la glace
Danser, léger
Yeux fermés, pied de nez
Respirer le vent
Anonyme
Spring is coming

Je veux...
Rire au-dessus de mon corps
Danser par-delà l'espace
M'envoler
Puis m'habiller
Oui, m'habiller
De rouge, de sang
De rouge sang
Faire la roue comme un paon
Occuper tout l'espace
L'espace intersidéral
Entre toi et moi
Entre moi et moi
Rire fort, glousser
M'esclaffer, sauter haut
Bras grands ouverts
Jambes écartées

# EXULTER

Pas baisser les yeux
Pas baisser le ton
Ni courber l'échine
Ni rougir de honte
Être MOI
Tout simplement moi
Ma petite musique à moi
Moi, fière
Moi, singulière
Moi, tout entière

I am, I am good
I am, I am strong
I am, I am somebody
I am what I am...

Et devant moi, l'univers

# BICHE

Je cours, je gambade
Et détale en zigzag
Dans la douceur dorée
Feuilles chiffonnées
Et froissées
Automne
Je cours je me hâte
J'écoute et je stoppe

À l'affût

J'ai entendu
J'ai vu

La file de voitures
Les hommes en costume
Bottés, vert-de-gris
Anonymes colonels
De terrains de chasse
Conquis
Je cours je galope
Je les vois et je stoppe
Je suis toute seule
Mais eux chassent en meute
En gangs triomphants
Gloussements, joues rouges
Excitation, odeur de sang

Traqueurs de faons

Je m'affole je galope
La peur au bout de mes sabots de plomb
Ils l'ont senti
Ils ont freiné
Ils ont crié
Attention Biche
Gare à tes cuisses
La danse va commencer

Les loups chassent en meute
Les loups gloussent avec les loups
Les loups hurlent avec les loups
Ça fait beaucoup de dents, tout ça
Beaucoup de ricanements
Et tant d'yeux dans la nuit
Ça fait beaucoup de sang, tout ça
Beaucoup de galopades
Et de terreur

Je m'appelle Biche
De la Forêt de la Peur
Et j'aimerais dire aux chasseurs
Même si le sang ne coule pas
Et que vous ne nous tuez pas
Ne nous faites pas mourir
Sous le bruit de vos pas

# C'EST UNE TOUTE PETITE MAIN

C'est une toute petite main
Aussi légère qu'un papillon
Un lépidoptère
Qui se pose sur ton bras
Ou bien sur ton épaule
Tu ne le sais pas

Tu ne le sais pas
Parce que c'est si fragile
Gracile, volatile
Que ça semble venir de toi
Pas de frontière
Entre lui et toi
Pas de danger
T'as pas râlé

Pas swipé
Pas scrollé
Pas tapé
Pas cillé

# POURQUOI S'OFFUSQUER D'UN FRÔLEMENT D'AILE SI DÉLICAT SI FRÊLE IL VA BIEN S'ENVOLER

Sauf que le papillon
S'est mis à glisser
Aspiré vers le bas
Puis s'est déposé
Si petit, si léger
Sur ton ventre, là
Au creux de ton nombril
Puis ce battement de cils
Ce regard-sourire
Qui quémandait
S'il te plaît...
Même quand tu chuchotais
– Mais non...
– Mais pourquoi

Là, comme ça
On avance
Dans le sens du vent
Le désir ne recule pas

Le temps de dire ouf
Les mouches se sont multipliées
Et bien sûr t'ont effleurée
Du bout de leurs pattes
Un peu partout

Chatouillée
Butinée
Et soudain
RIEN
Tu ravales tes mots
Trop tard pour t'envoler
De papillon tu deviens chenille
Dans son cocon, emberlificotée
Bâillonnée

C'est comme si la mort
Du bout de sa chemise
Te frôlait sans te toucher
T'approchait puis
T'aspirait
Sans vraiment t'emporter

Alors tu t'es regardée
Regardant
Celui qui te regardait
Et tu as pensé :
Allez, pas de vague
Ce corps-là
N'est plus à moi
Et puis, ça ira vite
Les papillons finissent
Toujours par s'envoler

Sauf que l'araignée, elle, est restée
Sauf qu'elle a laissé sa griffe
Comme une cicatrice
Ça commence par une main
Une toute petite main
À qui tu dois dire
De passer son chemin

# MON AMOUR

# MON SOLEIL MA RÉCRÉ

On ne va pas se mentir
Tu m'habites
Sans jeu de mots
–Smiley rigolo–
Tu es mon soleil, ma récré
Tu m'agaces et je t'aime
Envie de te griffer de t'embrasser
De te maudire et te sourire

Tu es mon papillon sur l'épaule
Tu bats de l'aile et tu me frôles
H24 comme un myocarde
Tchak tchak tachak tachak
Tachycardie jolie-jolie
Tu plies tes ailes quand je m'endors
Et tu les déploies quand je sors
Chatouillis sur ma joue
Tu m'effleures et tu joues
Tu m'épuises et je t'aime

Tu es mon roi, mon soleil, ma récré
Mon rêve secret à déplisser
Mon plus doux jeu de société
Mon casse-tête, mon Time's Up
Mon pouilleux massacreur
Ma marelle, ma roulette
Mon joker, mon chat-cuisse

Ma plus belle réussite

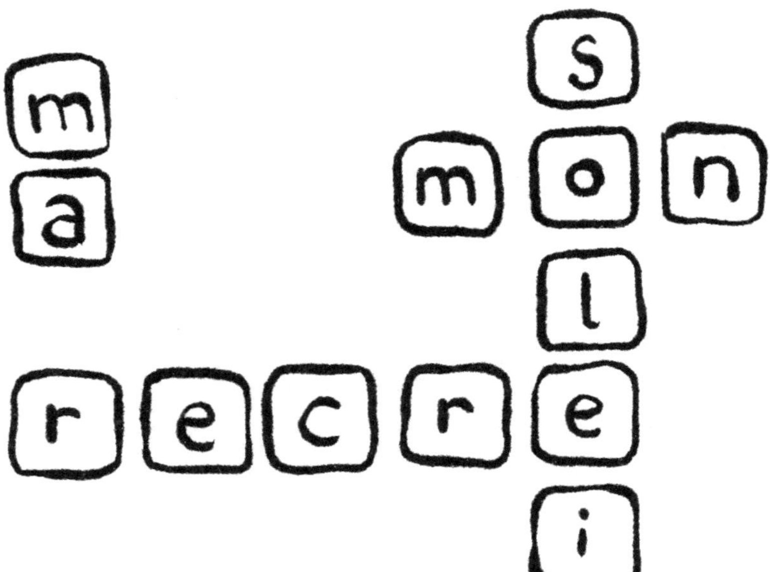

Mon loto à dix boules
Mon mot doux compte double
Mon filet à papillons dorés
Comme des étoiles
Qui butinent et qui battent
Jusque dans mes artères
Pulsations
Envoyez le son
Envoyez le sang
C'est si bon

Je rêve d'un Escape Game
De huit jours avec toi
Tu m'agaces et je mords
Tu m'épuises et je t'aime
Demain, c'est promis
Je joue pour de vrai
Action – vérité ?
Je choisis de plonger
Rien ne va plus
Les jeux sont faits

Le papillon s'est posé

# LA FILLE DU TRAIN

La fille du train s'est arrêtée
Dans l'allée
A vérifié le numéro
S'est assise dans le duo
En face de moi
Elle a heurté mon pied
–Pardon–
Pas grave
Je lève la main
Et je tremble

Nos regards s'échangent
Comme nos sangs
Les lettres dansent devant mes yeux
Mon livre
Pense à autre chose

La fille du train en face de moi
Me scrute de ses yeux de chat
Elle porte un manteau d'homme
À larges épaules
Ses cheveux blonds sont presque blancs

Et moi je sens mon cœur qui flanche

Le livre glisse de mes mains
Reprenons donc :
Emma Bovary
Trompe son mari
S'échappe de l'ennui
De sa toute petite vie
Et prend un amant

Et moi je sens mon cœur qui flanche

Le livre glisse de mes mains
Mon histoire est devant moi
Elle a un regard de puma
Je rêve d'un coup de frein
Un crissement
Une catastrophe
Un accident
J'aimerais enfouir ma tête
Entre les pans du drap de laine
J'aimerais passer mon doigt
Tout autour de son âme
Et froisser son taffetas

La fille du train a tourné la tête
Vers la fenêtre
Elle ignore ce qu'elle a fait de moi
Elle ne sait pas
Le chaud et froid
Elle ne sait pas
Que de son œil de panthère
Elle a élargi la terre entière

La fille du train
Partira tout à l'heure
Dans l'odeur de jasmin
Mon cœur à l'envers
Je descendrai à mon tour
Sur le quai
Dans le vertige
D'être devenue une autre

# UN POST-IT DANS LE CŒUR

J'ai un post-it dans le cœur
J'ai tatoué
Deux mots de toi
Un genre de sparadrap
Qui ne me guérit pas
Blessure, coupure, brûlure
Déchirure
Amour toxique
Ultra adhésif

J'te colle, j'te décolle
Totalement folle

J'ai un post-it dans le cœur
Un patch anti-toi
Un morceau de gaze
Sans désinfectant
Un qui pense-et-ment
Sur mon cœur-ampoule
Bulle d'espoir crevé
Usé, abusé, exténué
À force d'avoir battu
En discontinu
Une ampoule de marche
Gonflée au chagrin
Une cloque à l'arrache
Et remplie de rien
Nuit blanche jour noir

Post-it jaune
Pourvu qu'il s'envole
Comme une feuille
Mort-dorée

« La feuille d'automne, emportée par le vent
En ronde monotone
Tourne en tourbillonnant »

J'ai tenté de l'oublier
J'ai tenté de l'arracher
En grattant bien sur les côtés
**SCHLAK**
Le ventricule à vif
Saignant de toutes mes larmes

Décollée de moi-même
Laisse-moi du temps
Amour
Pour sortir du rouge
Et retrouver ma page blanche

# MON AMIE MA SŒUR

# #METOO

C'est une ligne qui court sur la terre
Ça se fissure ça se fendille
Ça se crevasse et se lézarde
Un coup de scalpel
Un zigzag
Sur un manteau de glace

C'est une brisure
Une écorchure
Une déchirure
Sur de la mousse épaisse

Et là-dessous
Oui là-dessous
Sous terre
Tout un univers
Un monde de femmes
Et de silence
Tant de vies enfouies
De corps brisés
De bouches muselées
Pendant des siècles et des siècles

Ça commence par un bruit
Un gargouillis
Petit si petit
Un pouce qui se dresse
Une pousse si tendre
Qu'elle en est transparente
Un bruissement
Un jaillissement...

# PERMAFROST

Ça se poursuit
Par un grondement
Un bouillonnement
Un vrombissement
Un typhon
Sifflement de bouilloire
Marmite du monde
Et puis on s'en doutait
Fallait bien que ça arrive

Ça explose, ça déborde
Ça détone et ça tonne
Ça fulgure, ça érupte
Ça éructe et ça hurle
Tous ces cris étouffés
Toutes ces années
Toutes ces confidences
Mises sous silence...

Puis une voix stridente
D'un bout à l'autre de la terre
Comme un geyser
Tout se dit, se confie
Une éruption
De la cendre, de la lave
Des milliers de visages
Et des millions de voix
Qui se lèvent et s'élèvent
Qui croissent et croâssent
Jusqu'à briser les cieux

## PERMAFROST

Il est là, le dégel, sous nos yeux
Par-delà les eaux
Par-delà le ciel

She said

Plus jamais, tu entends, plus jamais
Tu ne pourras te taire

# SOUS LES DRAPEAUX

Brandir son calicot
Agiter son drapeau
Déchirer son voile
Brûler la soie
Par les deux bouts...
Ainsi va l'étoffe des rêves

Je, tu, nous, sommes entrelacées
Comme des fils, comme des filles
Dans ce tissu si déchirable
Je, tu, nous désirons
Le découper, le déchiqueter, le rebroder
Au point de nos croix
De toutes nos croix ensanglantées
Violentées
Trahies
En tirer un fil
Celui du courage
Pour le démêler
Le retricoter à d'autres vertus
D'autres tissus
Et d'autres vies

Ne plus JAMAIS faire tapisserie

Emmêlées, entremêlées
Comme des fils sur la toile
Un point avant, un point arrière
Le grain de notre peau
Comme un tissu si désirable

Sais-tu que les cellules de la peau
ressemblent à celles du cerveau

Toutes, nous sommes toutes
Peau à peau, fil à fil
Mains et doigts serrés
À jamais liées
Toutes ensemble
Sœurs, pour toujours
Sous les drapeaux
Sous l'étoffe de nos peaux
C'est un même cœur qui bat

Ne plus JAMAIS faire

# TAPIS

# SERIE

# BARAYE*

Écoute
Quelque chose se trame derrière toi
Tu entends ?

Je n'entends pas
Sous ma soie
Ils ont mis mon cœur en cage

... Une soie rien qu'à toi
Pour te protéger
C'est ce qu'ils t'ont dit
Tissée au point mousse
Une maille à l'endroit
Des millions de mailles à l'envers
Crochetées, piquetées
Cousues
De petits cris d'effroi

# ÉCOUTE QUELQUE CHOSE SE TRAME DERRIÈRE TOI TU ENTENDS ?

Je n'entends pas
Quand je tends le cou
Tout est flou
Sous ma soie
Ils ont mis mon cœur en cage

... Une soie rien qu'à toi
Pour attiser ta colère
Elle ne te protège pas
Tu ne le sais pas
Mais par-dessous
Ta peau n'est pas douce
En douce il te pousse
Des écailles de dragon

Écoute
Quelque chose s'est passé
Je vais te raconter
Au cimetière, elles l'ont retiré
Et agité leurs crinières
De sorcières
Leurs tignasses
De badass

Et puis elles ont chanté crié dansé
Virevolté dans leur jupe corolle
Folles sans camisole
Elles ont levé le poing si haut
Que leur voile
S'est envolé
Un cerf-volant à tête de paon
Parti au loin, si loin
Dans un immense éclat de rire

Liberté

* Chanson persane en soutien à celles et ceux
qui osent manifester en Iran.

# SI PETITE EN TON ROYAUME

Ce jour-là tu es entrée
Cartable sur le dos
Dans ta maison
Du milieu des arbres
Et tout a commencé
Va préparer le thé, Petite Âme
A demandé ta mère
Nous avons un invité
Il avait de petits yeux fixés
Sur toi
Et les bras piquetés de poils noirs

Tu l'as reconnu
Sans l'avoir jamais vu

Dans la cuisine tu les entends
Elle est grande pour son âge
Elle a douze ans
Et tu comprends douce ans
Mais non, ils se trompent
Tu as cent ans
Et les jambes qui tremblent

**QUI EST-CE QUI TAPE DANS TA TÊTE QU'EST-CE QUI RENTRE À COUPS DE MARTEAU ?**

Chez toi on devient femme
Bien trop tôt, Petite Âme
Sans jamais le vouloir

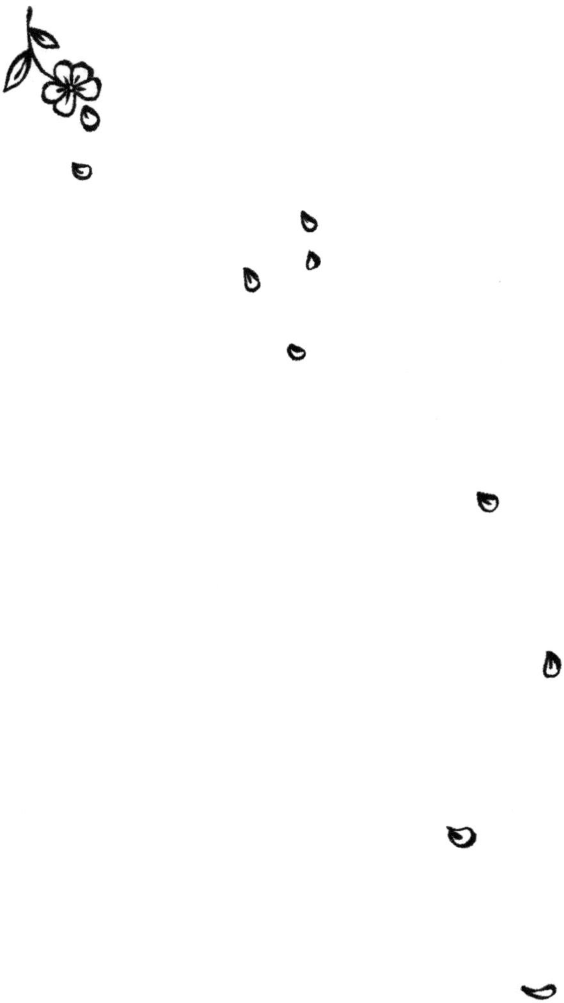

Tes jambes tremblent
Le plateau tangue
Tu sais qu'il va te féliciter
Pour le thé, ton élégance
Et ta beauté
Tu sais qu'il est déjà trop tard
Pour toi, Petite Âme
Car les flatteries
Sont des mensonges
Qui t'enrobent et te dénudent
Tout à la fois
Comme des breloques
Cliquetantes
Des bagues de mariées
Des anneaux, des menottes
Pour mieux t'embaumer
Pour mieux te pucer
Pour mieux te baguer
Le jour de tes noces

Toi
Si petite en ton royaume

Ce jour-là
Tu quittes ta maison
Du milieu des arbres
Ton enfance et tes parents
Ta poupée, ton oreiller
Pour monter
Dans son auto rutilante
Derrière la vitre tu regardes
Une dernière fois
La poussière de ton village
Le terrain de foot
Les trois poules caquetantes
Ta mère bras ballants
Son sourire si triste
Tu n'as rien ressenti
Et tu n'as plus rien dit

Se taire
Se taire, Petite Âme
Parce qu'il n'y a pas d'autre choix
Se taire le jour
Quand tu nettoies
Se taire le soir
Quand le bras de poils noirs
Se pose sur ta cuisse
Et remonte tout devant
Alors que toi tu rêves
De douceur et de nacre

Faire taire ton corps

Au moins tu ne trembles plus
Puisque tu es morte
Pour rester en vie
Puisque ton âme est partie
Sans faire de bruit

Rentrer dans ta cage
Fermer à double tour
Le cœur de ton cœur
Ne bouger que là-bas
Dans le paradis des fées
Le château de la reine

Sauver ton âme
En laissant mourir son corps
Entre ces deux bras puissants
Comme deux serpents
Rêver de ta maison
Au milieu des arbres
Rêver de deux bras blancs
Qui te bercent

Écoutez bien, mes sœurs
Toutes les deux secondes
De par le monde
Une fille est arrachée à elle-même
À contrecorps à contrecœur
Pour une histoire d'honneur

Une enfant
De pas même dix-huit ans

Elles s'appellent Aïcha, Sunyta, Aliya
Mais aussi Lauren, Clara, Barbara
Chaque jour
Elles sont livrées
Pieds et poings liés
Dans le lit d'un homme

Si petites en leur royaume

# MES CHAGRINS

# RIVALITÉ

Assez de ces regards-bombes
Lance-flammes
Qui grillent
Consument
Carbonisent
Rabougrissent

Assez de ces yeux-torpilles
De ces murmures jaloux
Par-dessus
Par-dessous

Rouge aux joues
Mal au cœur
Poison de la comparaison

Sœur
Pour notre bonheur
Ne me regarde pas
Comme ça

Sœur
Regarde-moi
Comme je suis
Aime en moi
Ce que tu n'as pas
Comme j'aime en toi
Ce que jamais je n'aurai

Ne nous compare pas

Sœur
Je te propose un pacte secret
Penche-toi vers moi
Je vais te le chuchoter...

## EST-CE QUE TU LE SAIS?

Un jour, je marcherai devant toi
Et tu seras à la peine
Et puis, un jour, tu courras devant moi
Et je serai à la traîne
La vie est faite comme ça
Pas équitable
Alors, ce jour-là
Crois-moi, je te tendrai la main
Et t'aiderai à traverser
Jusqu'au moment où
Pour moi, tu le feras
Je ne suis pas ta rivale
Pas ton ennemie
Peut-être juste ton amie

Liberté, équité, sororité

Sœur
J'aime en toi
Ce qui brille
Et que je n'ai pas
Aime en moi
Ce qui n'est pas toi

Sœur
N'ayons pas peur
De nos différences
Mais plus encore
Ne craignons pas
Nos ressemblances
Car c'est souvent ça
Qui fait flamber l'envie
Les regards-torpilles
Qui carbonisent
Et rabougrissent

# UNE MÈCHE QUI S'ÉTEINT

Elle est partie et toi tu n'en reviens pas
Toi non plus
Elle est partie
Et tu te le répètes, encore et encore
Pour tenter de comprendre
Et de capter la lance brûlante
Des deux mains
Avant qu'elle ne touche ton cœur
Quand par erreur
Distraction pure folie
Tu tapoteras son nom
Sur ton clavier
Pour entendre sa voix

On t'a dit
Elle s'est éteinte
Et tu as pensé à une flamme
Qui vacille dans la nuit
Et sombre sans souffrir
Et tu es devenue cette mèche
Qui s'éteint

On t'a dit
Elle est partie
De crainte que tu ne flageoles

De toute façon
Je le savais

Oui bien sûr tu le savais
De tout ton corps
De tout ton être tu le savais
Sauf peut-être
Ce millième de micron de millimètre
Qu'on appelle doute
Distraction, espoir, folie
Ou bien survie

# DEPUIS COMBIEN DE TEMPS MAINTENANT

Trois heures trois mois
Son petit rire feutré
Son visage fané
Ses mains-caresses
Ses confidences
Son odeur d'amande
De poudre de riz
Et aujourd'hui
... Poudre de rien

# COMMENT LE DIRE : PETITE ORPHELINE CHAGRIN DE VIEUX DE MOINS QUE RIEN ?

Une bête s'est tapie en toi
Tranquille
Fragile
Tu pries pour qu'elle reste là
Sans rien dire
Mais tu le sais
Oui tu le sais bien
Qu'elle se réveillera
Au son du violon
En apercevant une dame
Entre deux cannes
Elle se réveillera
Te brûlera le cœur
À petit feu

Ne cherche pas
Pose ta main sur ton ventre
Dis-lui bonjour
Chut calme-toi
Souris et puis rendors-toi
Mais il se peut que tu t'enrages
Que la colère t'enivre comme un mauvais vin

COMMENT
L'ABSENCE
PEUT DURER
SI LONGTEMPS

POURQUOI
CE SILENCE

POURQUOI
ON NE M'A
RIEN DIT

**POURQUOI PERSONNE NE M'A PRÉVENUE QUE CE SERAIT PLUS JAMAIS ?**

Tu seras en larmes
Et tu t'en voudras
Tous ces secrets
Que tu n'as pas notés
Ces dimanches
Ces vacances
Ces questions en suspens

Et puis, la bête se blottira à nouveau
En toi
Jusqu'à la prochaine fois
Silence souffrance...

Et quand un peu plus tard
Tu chanteras
La berceuse de l'enfance
Cet éternel retour
Tu n'en reviendras pas
D'entendre en toi
Mais oui
Un peu de sa voix

# RECOUDRE À L'AIGUILLE

Il fait froid
Les mots tremblent
Comme quand j'écris dans le noir
Sous mes draps
En regardant défiler les fantômes

J'ouvre ton carnet
J'enfile ta bague
Je m'enroule dans ton plaid
Ton odeur de lilas
Tes bras comme de la cire
Tes rires dans la cuisine
Le manque de toi
M'emporte sous la terre

J'ai pas perdu ma mère
Je sais
Je ne peux rien en dire
Et surtout pas pleurer
Personne pour m'écouter
Trop de morts
Pas assez de mots
Pour cet effondrement
De l'enfance en moi
Trop de morts
Pas assez de larmes

Il n'y a pas de scandale
Quand on est bien trop vieux
Pour être pleuré
J'effeuille mes photos
Jusqu'à la nausée
Jusqu'au cœur tout nu
De l'enfance passée
Et partout tes petits rires
Et ton sourire
Me chavirent

Le flacon de pleurs
Se remplit de parfums
Je respire ton odeur
Pour chasser les fantômes
Je reprends mon carnet
J'attrape mon crayon
Pour recoudre à l'aiguille
Les deux parties de moi

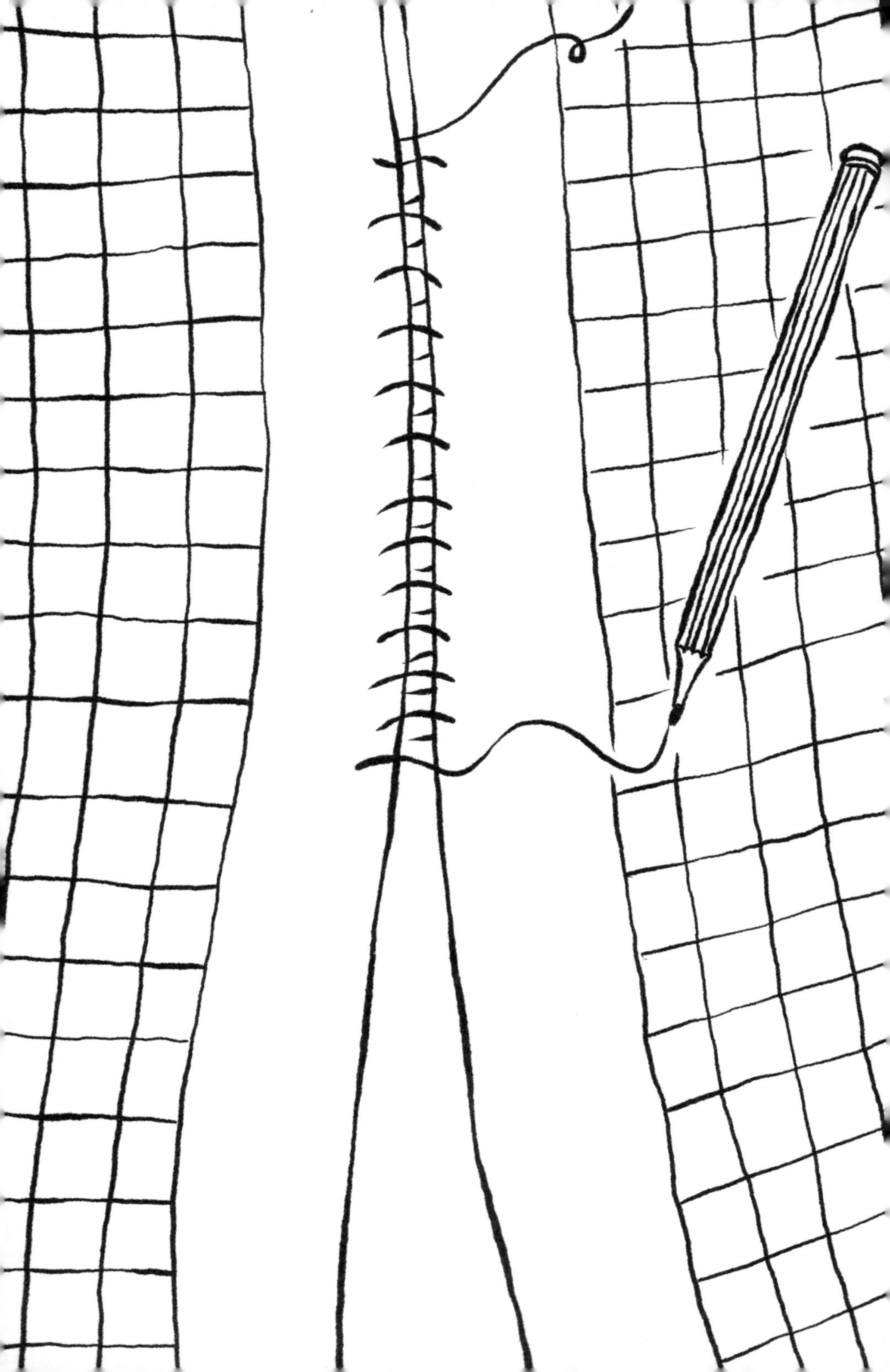

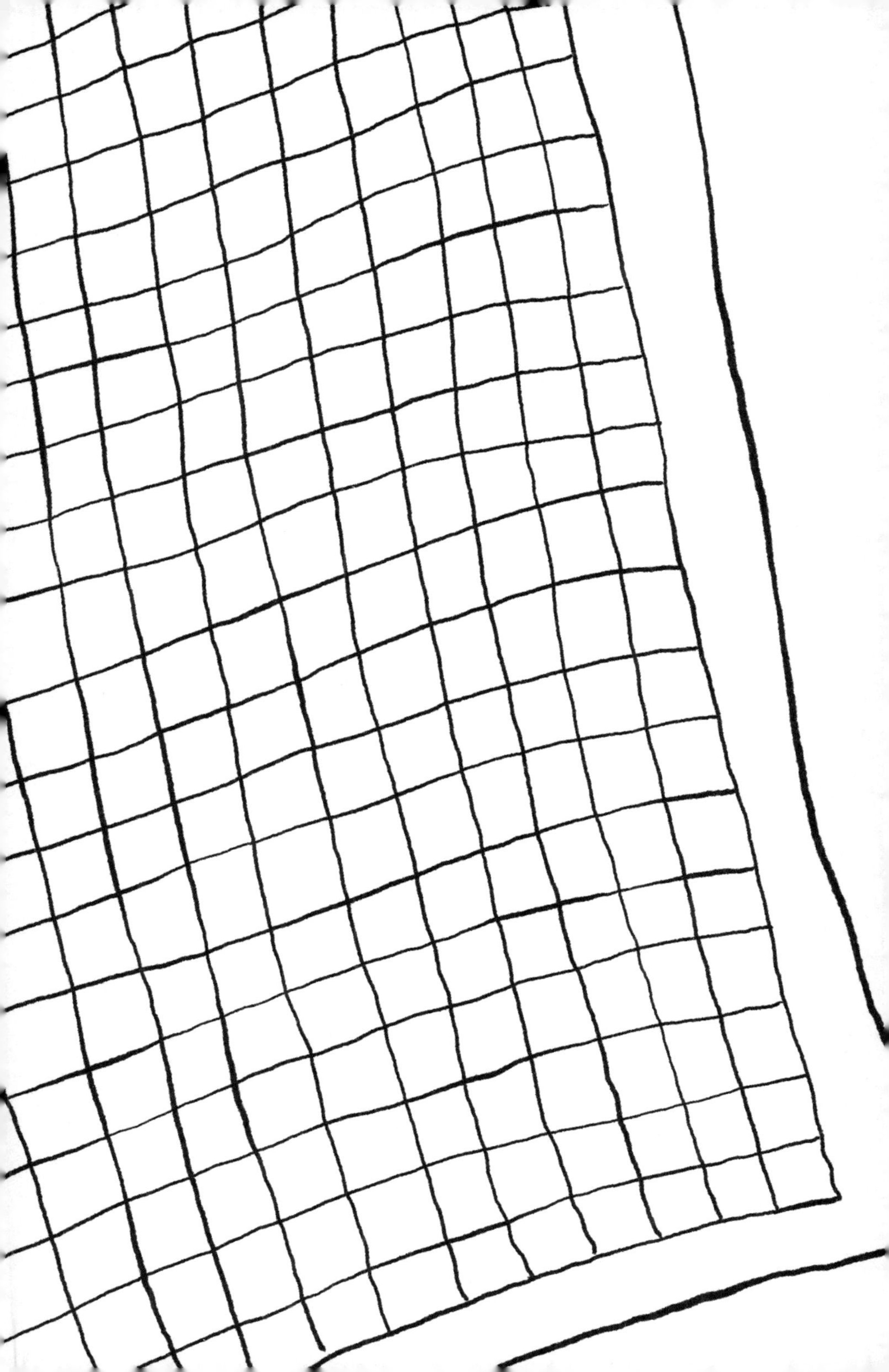

# PAS GRANDIR

À partir de quand
T'a-t-on parlé
Grand écart
Pas chassé
Tendu, plié
Pointé, flexé
Twisté, délié ?

À partir de quand
T'es-tu retrouvée en bonnet
Dans un couloir de nage ?

Fini de jouer à la sirène
Faut te donner de la peine
Allez, en rythme, on lambine pas
Dos crawlé, brasse coulée
Nez pincé
Natation synchronisée
Pas ramollir pas ralentir
Et pas grossir

Notée menottée
Décortiquée
Pesée soupesée

Et dis-moi le jour où on t'a
Pomponnée et grimée
Pour la fête de fin d'année
**TU T'EN SOUVIENS ?**
Sois la plus belle, sois la plus douée
Mais attention, sans t'en vanter

À partir de quand
Es-tu passée
De la luge au brassard
Du plaisir au devoir ?

Premier galop, troisième étoile
Flèche d'or et ceinture noire
Slalome, godille
Tout schuss ma fille
Dérapage contrôlé
Ski artistique
Notes acrobatiques

**ALLEZ**
**EN RYTHME**

Grand écart, c'est ta vie
Attention : pas creuser
Pas cambrer
Pas échouer
Pas ralentir, pas ramollir
Toujours courir
Et pas grossir

**STOP**

J'veux respirer
Lâcher un peu
Pour pas craquer
Savoir dire non
Pour pas crever
Savoir plier
Pour ne pas rompre

Ma chandelle n'est pas belle
Et ma roue elle s'écroule
Et mon crawl est pas cool
Moi je veux sortir du rang
Du couloir de la mort
Rejoindre la mer
En nage libre

Pas crawler
Mais DANSER
CHANTER
JOUER
Et un instant

# Ne plus grandir

# NOS HÉROÏNES

# LA TACHE ET LA TRACE

Frotter, récurer, poncer
Taches de sang, taches de gras
Auréoles de sueur
Traces de pas
Sale odeur
Mettre tout son cœur à la tâche
Son cœur comme une éponge
Qui enfle et se gonfle
Et recrache
Et absorbe
Et s'essore
Et repart
Rythme pulsatile
De l'éponge double face

Frotter, récurer, briquer
Paramécies vibratiles
Ovales diaprés
Virus couronnés
Bariolés, bigarrés
Cercles imparfaits
Ocelles de paons
Ailes de papillons
Génie de la tache
Qui raconte une histoire
Comme un test de Rorschach

Tu lis dans les taches
Comme d'autres dans les nuages
Ce qui t'attend demain
C'est-à-dire pas grand-chose

Frotter, récurer, faire briller
Les parquets, les dallages
Les surfaces
Lisses, vitrées, boisées
Ridées
Tache de vieillesse
De rousseur
De naissance
Tache maudite
Écarlate

Tout effacer
Pour donner naissance
À d'autres tâches
D'autres passages
Et d'autres vies

Tu lis dans les taches
Comme d'autres dans les nuages
Ce qui t'attend demain
C'est-à-dire pas grand-chose

À genoux, en chaussettes
Depuis des siècles tu frottes
Plisses et déplisses
Faufiles et surfiles
Sans jamais te défiler
Depuis des siècles tu pschittes
Et aussitôt la vaisselle étincelle

Ce qu'on te demande, tu le sais
Depuis les siècles des siècles :
Effacer la trace qui brille
Là, derrière toi
Celle de ton génie

Repartir, sur des semelles de vent
Avec ton chiffon-bâillon
Et disparaître, fée digitale
Comme par magie
Mary Poppins suspendue
À son bout de tissu

# FIL À LA PATTE

Depuis des siècles
Tu tiens ce fil entre tes doigts
Fil à la patte
Fil à retordre
Que tu sois sorcière des contes
Penchée sur ta quenouille
Femme de marin ou bien putain
Tricoter, crocheter, tapisser

Cette sale embrouille
Ce mauvais filon

Depuis des siècles
On ne te lâche pas
Toi et ta corde à sauter
Ton fil à linge
Ton cordon ombilical
Des siècles qu'on te tient en laisse
Accrochée à ta pince
Qu'on te file, surfile
Et que toi, tu files doux
Pour mieux te faufiler

Des siècles que tu le sais
Il suffit de tirer le fil
Pour te détricoter tout entière

Depuis des siècles
Tu l'acceptes
Cette trame courue d'avance
Livrée avec son coupe-fil
Que le jour venu tu trancheras
D'un coup net, sans moufter
Car il te faudra
Lâcher du lest, te délier
Sauter dans le vide
Vers ta liberté

Cesse de te défiler
Il est temps
D'affronter le monstre
De retrouver le seul qui vaille
Le fil d'Ariane
En funambule
Tu tireras devant toi
Le fil de soi

# J'AIMERAIS TE PARLER D'ELLES

J'aimerais te parler d'elles
De nos femmes du passé
Celles qui ont lessivé savonné récuré
Mais surtout rêvé
Celles qui ont rissolé brûlé plumé
Recopié agrafé photocopié

J'aimerais te parler d'elles
Celles qui ont attendu
Comme une pluie d'été
Chaque jour de l'année
Puis ont renoncé
Celles qui ont bercé changé nourri
Avant d'être englouties
Dans une coulée de terre

J'aimerais te parler d'elles
De nos grands-mères
Parties à la guerre
Dans leur cuisine
Et qui ont tant pleuré
Tant attendu
Celles qui se sont cachées
Derrière plus fort
Derrière plus grand
Derrière moins intelligent

J'aimerais te parler d'elles
De ma grand-mère, de ma mère
De ta mère et ton arrière-grand-mère

J'aimerais te parler d'elles
De ces millions de mains
Petites comme des fruits mûrs
Tavelées rougies brunies
Qui se tendent vers nous
Et du fond de leur tombe
Nous applaudissent
Nous toutes
Les minuscules

Nous toutes qui enfin réalisons
Leurs rêves les plus fous
Nous qui étudions
Dessinons, écrivons
Sculptons, manifestons
Avec nos gigantesques mains
De petites filles

J'aimerais te parler d'elles
De toutes celles que nous
regrettons
Félicitons

Et remercions

# BRISER LE PLAFOND

# T'EXCUSE PAS

Ne marche pas les épaules rentrées
La tête inclinée et les yeux baissés
Te cache pas
Disparais pas
T'excuse pas
D'exister

Ne marche pas les pieds en dedans
Le dos courbé les genoux tremblants
Te cache pas
Disparais pas
T'excuse pas
D'exister

Pardon désolée
Après toi
Au temps pour moi
Je suis confuse
C'est moi qui m'excuse

Te brade pas
On n'est pas fin janvier

**CROIS-MOI
T'ES PAS NÉE
AU RABAIS
T'AS PAS
À ACCEPTER
D'ÊTRE RECYCLÉE
À BAS PRIX**

# DE FINIR À LA FRIPERIE SOLDÉE À CINQUANTE POUR CENT

Dans la rue, dans l'espace
Si tu t'effaces
Devant celui qui passe
Si tu baisses les yeux
Pardon monsieur
Alors pardonne-moi de te le dire
C'est toi la coupable

Si tu murmures et te prosternes
Ils vont tous te regarder
Comme si t'avais péché
Et trouver toutes les raisons
Pour t'écrabouiller

Ta voix – oui ta voix
Force-la un chouïa
Un ton au-dessus
Ça suffira
À t'enfierter toi-même,
– Oui, je sais, c'est un de ces jeunes mots
Ridicules et patauds
Comme les cuisses d'un angelot
Un de ces mots-tout-premiers-pas
Qui se cognent encore dans les coins

Alors, ne vous irritez pas
Vous, les censeurs de la langue
Il en faut bien
Des nouveaux mots
Pour aller de l'avant
Quand on vient
Comme nous
Du bout du bout
Du monde
Du tréfonds des maisons
Pétrifiées et rancies
Dans leur humilité

Clame, crie, crée, parle fort
Dis-tinc-te-ment
Suis ce beau courant
Qui t'emporte vers toi-même
Sans qu'on te coupe
Dans ton élan

Ne t'excuse pas
D'avoir des idées
Ne t'excuse pas
D'attraper la craie
Pour écrire au tableau
En grand et en gros
Ce que tu es vraiment

C'est à eux de dire pardon
D'avoir repris nos idées
De dire pardon quand, dans la rue
Ils nous frôlent sans s'écarter
Ne change pas le sens du courant
La direction de la rivière
La vague à l'envers
Le sens des excuses

Ne t'excuse pas de vivre
De parler, de chanter
C'est la moindre des choses
Quand on veut exister

Te planque pas
T'invisibilise pas
Avance, droite

Les yeux fixés
Sur la cime des arbres

# JE SUIS L'INVISIBLE

Je suis
Celle qu'on ne voit pas
Celle qui ne brille pas
La fille du dernier rang
Qui ne fait pas de vagues
La tourneuse de pages
La fourmi laborieuse
Derrière la reine glorieuse

Je suis
Celle qui regarde
Rêvasse, fantasme
Les yeux grand ouverts
La première partie de concert
La Pénélope timide
Qui fait tapisserie
Le portrait-fantôme
Derrière la Joconde
Pas la meuf puissante
Pas la meuf inspirante
Mais la fille d'à côté
De ses pompes et de son monde

Je suis
Celle qui se tricote
Et se crochète
Sans panache
De maille en maille
Un peu lâche
Sans compter les loupées
Et les rattrapées

Je suis
Celle qui se construit
Dans son cocon troué
Avec ses bas filés
Celle qui se peaufine et puis s'affine
Et puis s'empêtre dans les fils
D'une dentelle si fragile
Celle qui plus tard, toute fière
Sortira, les ailes déployées

Dans un grand cri de lumière

# NE DONNE JAMAIS TA VOIX

Enfant, on t'a dit
Que les petites sirènes
Parfois se taisent
Quand elles se laissent
Trancher la langue
Au plus profond de l'océan
Parce qu'un prince en passant
Leur a susurré
Au creux de l'oreille
Si tu veux être à moi
Ariel, petite merveille
Si tu veux que je t'aime
Parle comme moi

Ne donne jamais ta voix
C'est ce qu'il y a en toi
De plus précieux
De plus magique
Ferme les yeux, écoute-toi...

Ta petite voix, celle qui dit
Au creux de ton cœur

**VAS-Y**
**MA FILLE**
**N'AIE PAS PEUR**
**ÇA C'EST BIEN TOI**

Ta petite voix, celle qui
Du fond de toi, te dit encore :
Ne cède pas, non, n'y va pas
Retourne chez toi

Ta petite voix, celle que
Pendant des siècles
Les hommes ont étouffée
Les femmes ont baîllonnée
À grands coups de torchon

Laisse-lui de l'espace, en toi
Cette petite voix
Donne-lui du souffle comme un ballon
Gonflé de vent
Une vague
Gorgée d'océan

Parce que cette petite voix
Le jour où elle le décidera
Vibrera
Comme le plus beau cristal
Alors nous serons des milliards
À dresser l'oreille
À t'écouter
À te prier

À chanter avec toi

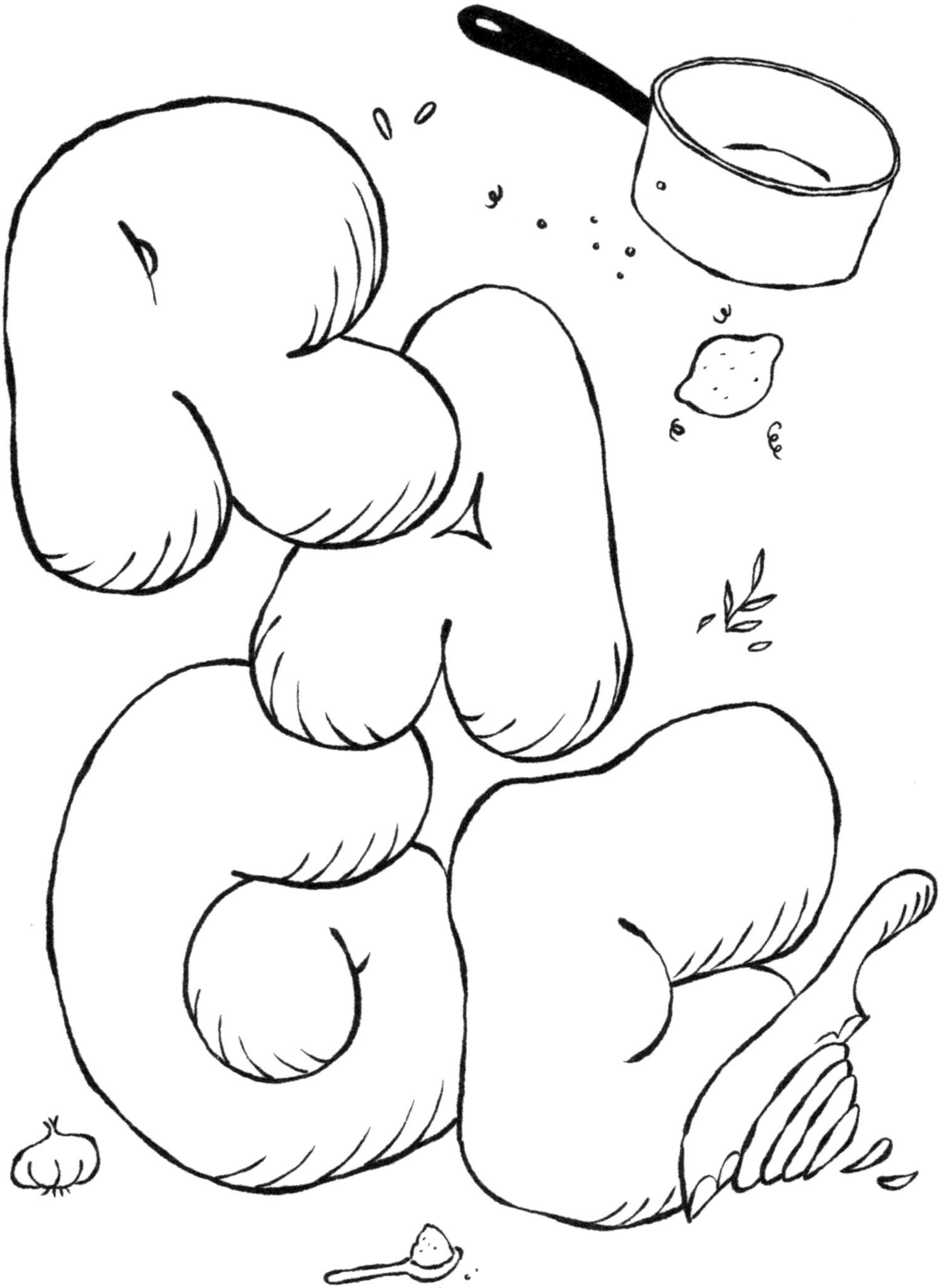

# RECETTE

Préchauffer le four thermostat maximum
Émincer une rage entière en mots subtils et fins
Réserver dans un coin
Éplucher les souvenirs les pires
Remarques beaufs
Jugements glauques et mains aux fesses
Mixer le tout au robot ménager
Tamiser les grumeaux

Tenue non adaptée
Neurones en pâtée
Avenir compromis, short mini mini
S'est jamais réveillée
Sera jamais augmentée

Battre les arguments en neige
Avec un zeste de citron
Plonger son être dans tout le blanc
Comme dans un bain moussant

Saupoudrer d'herbes folles
Passer le tout à la casserole
Filtrer le gras du chagrin
Et le bouillon du venin
Parsemer de grains de café
Dessiner un beau poing levé

Exploser sans attendre

# RAGEUSE

Ça commence par un picotement
Au creux de ton ventre
Là tu le sens
Quelque part entre le nombril
Et la poitrine

Ça brûle, ça consume
Et ça s'enflamme
Là où souvent
L'injustice frappe
Comme un uppercut

# Mise à feu

Cette petite flamme
Là, au creux de toi
Ne l'éteins pas
Ne l'étouffe pas
Laisse-la mûrir
S'élever
Grandir

Ne l'envoie pas
Jouer dans un coin
Ni gage ni bonnet d'âne
Ne l'envoie pas promener
À cloche-pied
Ou faire le pion
Dans la case prison

Ne compte pas jusqu'à trois
Ne l'enferme pas
Dans des lignes d'écriture
Qui ne calment
Que ta muse du désespoir

Fais-la monter

Fais-la grandir
Emmène-la prendre le large
Danser dans la marge

Souffle encore
Élève-la encore plus haut
Oui, c'est bien, c'est ça
Alors, portée par l'air
Regarde-la, ta colère
Écoute-la

Elle a tant de choses à te dire

# DEVIENS LE VENT

On te dit
Née de la terre
Quelle drôle d'idée

Malaxée et sculptée
Équarrie et pétrie
Glaise humide
Fragile argile

On te dit
Fiévreuse comme le feu
Chatoyante et brûlante
Pyrowoman
Petite braise
Incendiaire, meurtrière

On te dit
Humble comme l'eau
Fraîche
Désaltérante, bruissante
Une rivière
Qui doucement rejoint la mer
Sans faire de vague
Sans aucune colère
Autre que l'eau de pluie

Pour moi tu es le vent
Un cyclone, un typhon
Une longue respiration
Un geyser qui pulse
Et braque le ciel
À mains nues

Pour moi tu es le vent
Qui barytonne
Et déracine
Et harponne et enjuponne
Qui chamboule et qui détraque
Qui dérègle et qui décape

Deviens le vent
Qui chuchote
Tarabiscote
Qui exhorte
Et s'emporte

Sois une femme
Deviens le vent

# VIBRATION

Allongée sur le sol
Mes mains enfouies sous terre
Recouverte de glaise
Minuscule
Je rassemble les particules
Je les intègre
Je les aspire
Je les respire
Et je vibre

Allongée sur la terre
Je suis un arbre
Mes branches s'élèvent
Se craquèlent et se tendent
Une branche pousse
Plus loin encore
Et déchire le ciel

Allongée sur le sable
Les mains dans l'argile
Je suis une algue
–Née du limon–
Arrosée d'écume
Bercée par le vent
Comme une palme

Allongée sous les cieux
Je ferme les yeux
Je me concentre
Je l'invoque
–Ma puissance–
Je l'aspire
Je l'intègre
Et je vibre

Respire…

Chaque matin
Rejouer la création du monde

# LE JEU DE LA DAME

Ouvrir une porte
Le bras tremblant
La main tendue
La peur au ventre

Ouvrir une porte
En flageolant, en titubant
En bafouillant, en bégayant

Ouvrir une porte
Avancer le pied
Et puis un autre
Sans zigzaguer
Sans trébucher

Traverser
Marcher sur le câble
Sauter dans la flaque
Marelle à cloche-pied
Un, deux, trois, Soleil
De la Terre au Ciel
Du Ciel à la Terre
C'est toi le chat
N'oublie pas
T'arrête pas

Ouvrir une porte
Starting block
Traverser le feu
Marcher sur les braises

Devenir le feu
Devant le monde entier

Franchir la frontière
Sans déraper
Se féliciter
S'applaudir et se souvenir

Oui
Se souvenir que
De l'autre côté
Elles nous ont poussées, tirées
Accompagnées
Les femmes de l'ombre
Nos puissances invincibles

**AVANCER AVEC ELLES**
**AU PAS**
**AU TROT**
**AU GALOP**

# SAUTER PAR-DESSUS L'OBSTACLE TU LES ENTENDS ?

Ce sont elles qui t'entraînent
Et te poussent
Mains tendues
Aux veines bleutées
Poignets tremblants
Et bagues aux doigts

Elles te soufflent à l'oreille
Elles rient dans tes cheveux
Elles sont fières de toi

Un pas, et puis un autre
C'est ton année –l'âge de la marche–
Comme quand, bravache
Tu trébuchais dans le jardin
Mais tu peux, oui tu peux te relever
Soulevée par toutes ces mains

# VOIS-TU CE QUI T'ATTEND ?

Une porte après l'autre
Une case après l'autre
Ouverture, à l'avant
Jeu de la dame
De toutes les dames

**DE TOUTES LES REINES**

Marche
Partout, sur l'échiquier
Devant, sur les côtés
En diagonale
Mais marche
Menton levé
Si fière

Mais jamais en arrière

# LES YEUX AU CIEL

Tu n'oses pas lever les yeux
Parce qu'on t'a dit que
Là-haut, tout là-haut
Le soleil même invisible
Crée des brûlures irréversibles

Tu n'oses pas lever les yeux
Parce qu'on t'a dit que
La couleur bleue
Était de loin la plus fragile
Même sous d'épais nuages
Tout en haut de la montagne
Parce que les soirs d'orages
Ne sont, dit-on, pas pour les filles

Dans ta mémoire surgit soudain
Comme un nuage ce souvenir
Écoute Petite
Dès aujourd'hui
Tu baisses la tête
Et tu t'inclines
Finie l'insolence
Il s'en est fallu de peu
Qu'elle ne te fasse violence
T'attrape par les cheveux
Et te roule dans la fange

Tu dois le savoir :
Le ciel, il est pour toi
Le soleil, les glaciers
L'oxygène, l'atmosphère
Bien sûr, le sentier n'est pas tracé
Bien sûr, il va falloir
Slalomer
Escalader
Presque voler
Bien sûr, il va falloir
Te hisser, te hausser
Te pousser, t'exhausser
Et puis griffer, et puis frapper
Et fracasser
Briser cette vitre
Qui ne te protège pas
Mais qui t'enferme

Bien sûr, il va falloir
T'envoler bien plus haut que toi
Te jucher sur la pointe des pieds
Mesurer deux mètres douze
Et puis quinze, et puis trente
Glisser la main dans les nuages

Attraper la lune
À pleines mains
Comme quand tu étais petite
Ensuite tu y arriveras
À crever le plafond
Cogner, casser
Atomiser
Et puis sourire et puis chanter

Tu ne sais pas à quel point
Tu es puissante

# LE PLAFOND D'ALICE

Tu grandis, telle Alice
Dans son terrier
Tu regardes tes bras pousser
Comme des tiges
Tes jambes s'élancer
Depuis la Terre
Jusqu'au Ciel
Un, deux, trois, Soleil
Bouge, bouge, bouge
Halte, et puis touche!

Potion allongeante
Nectar, philtre, élixir
Tout est en train de grandir
En toi
Tes idées ont la force d'un immeuble
De cent-trente étages
Tes projets ont poussé
Comme de la mauvaise herbe
Qu'ils disent, eux, là-bas
Tout en bas
Mais c'est de la mauvaise herbe
De la meilleure espèce
Il n'y a que du bon
Dans ce qui pousse aussi haut
Aussi vite
Ça n'en finit plus

# QUELLE PUISSANCE

Et puis tac
Oui, TAC
Dans ton terrier
Un tout petit bruit
Comme un déclic, un signal
Impossible de franchir le gué
Devant toi des barbelés
Qui s'enroulent et se doublent
Et se triplent
Comme une forêt de ronces
Électriques
Pour t'interdire d'avancer
Te ralentir
Vérifier tes papiers
Tic tac
Tactique

Là-haut, tu vois le ciel
Mais lui ne te voit pas
Tout en bas
On ricane
On t'observe comme une pieuvre
Se déhancher dans un bocal
Tu agites tes tentacules
Elle est où l'ouverture ?
Personne pour t'aider
Dans cette transparence

Ce que l'on dit de toi
Jamais elle ne pourra

Mais toi
Oui, toi
Tu cognes et frappes
Et tac, tic tac
Tu te dis c'est une question de temps, tout ça
Et de ventre, oui, de ventre
Et d'estomac
Tu te dis que ça ira
Tu l'ouvriras cette trappe

Tu t'y mets la nuit, maintenant
Tu cognes et tu frappes
Tac, tac, tactique
De jour de nuit de sieste
Jamais aucun repos

Et tu t'aperçois bientôt
Que c'est une cage
Un cagibi
En verre trempé
Comme du béton armé
Une boule à neige
Que tu dois secouer
Encore et encore
Ne pas tomber dans le piège
Ne pas finir ensevelie

Tu as raison
C'est une question de temps
Tic, tac, tactique
Regarde où tu en es aujourd'hui
Si loin, alors que ton arrière-grand-mère
S'est arrêtée au premier étage
Que ta grand-mère a grimpé
Au troisième et que toi
Oui, toi
Tu es déjà au 105e
Alors, un peu de courage
Ce plafond de verre
Crois-moi
Tu vas l'exploser

Concentre-toi, Alice
Ce philtre
Il est en toi
Un jour le ciel tu le briseras
Sans te blesser
Sans autre bris de verre
Que ta propre colère

Et crois-moi, ce jour-là
Tu nous entendras
Rire, crier, applaudir
Nous époumoner
Pleurer de joie

Et enfin
Grandir
Avec toi

## À PROPOS DE L'AUTRICE

Sophie Carquain est une romancière, journaliste et scénariste française. Chroniqueuse littéraire pour *Famille et Education*, elle rédige des articles de psycho et société pour *Le Figaro* et *Version Fémina*. Elle anime également des ateliers d'écriture et de poésie. Engagée pour le droit des femmes, conférencière, elle est l'ambassadrice de l'association « Je suis une femme et j'existe ».

De la même autrice :

*J'aimerais te parler d'elles*
*Tout ce que j'aimerais dire aux filles*
*Alice, 15 ans, résistante – Vous ne m'empêcherez jamais de rêver*
Éditions Albin Michel jeunesse

*Simone de Beauvoir, une jeune fille qui dérange*
Éditions Marabulles

*Trois filles et leurs mères, Marguerite Duras, Simone de Beauvoir, Colette*
Éditions Charleston

*Fragiles, récit en immersion auprès des adolescents de la Maison de Solenn*
Éditions De l'Observatoire

Les Éditions La Joie de lire bénéficient
d'un soutien structurel de l'Office fédéral
de la culture pour les années 2021-2024.

Les Éditions La Joie de lire bénéficient
du soutien de la République
et canton de Genève.


Chemin Neuf 5, CH-1207 Genève
ISBN : 978-2-88908-652-8
Dépôt légal : novembre 2023
Loi n° 49-956 du 16 juillet 1949
sur les publications destinées à la jeunesse
Imprimé en Lettonie sur du papier FSC
Mise en page : Giulia Ferla

www.lajoiedelire.ch

FSC www.fsc.org
MIXTE
Papier issu de sources responsables
FSC® C008322